APPRENTIS LECTEURS

OÙ EST MON BALLON?

Ann Burg

Illustrations de Marilyn Janovitz

Texte français d'Ann Lamontagne

Éditions

■ SCHOLASTIC

Pour Celia, auprès de qui chaque jour était une aventure.

— A.B.

Catalogage avant publication de Bibliothèque
et Archives Canada

Burg, Ann E.
Où est mon ballon? / Ann Burg;
illustrations de Marilyn Janovitz;
texte français d'Ann Lamontagne.

(Apprentis lecteurs)
Traduction de : Pirate Pickle and the white balloon.
Niveau d'intérêt selon l'âge : Pour enfants de 5 à 8 ans.

ISBN 978-0-545-99299-2

1. Français (Langue)--Synonymes et antonymes--Ouvrages
pour la jeunesse. I. Janovitz, Marilyn II. Titre.
III. Collection.
PC2591.B87 2008   j448.1   C2008-901012-4

Conception de la couverture : The Design Lab
Conception graphique : Herman Adler

Édition publiée par les Éditions Scholastic, 604, rue King Ouest, Toronto (Ontario) M5V 1E1.

5 4 3 2 1   Imprimé au Canada   08 09 10 11 12

J'ai perdu mon ballon blanc!

Où peut-il être?

Je l'ai cherché partout sur terre.
La mer l'a emporté, peut-être!

Un pirate de ma connaissance,
l'œil caché sous un noir bandeau,

s'est peut-être emparé de mon ballon
voguant sur les flots.

Peut-être mon ballon
est-il prisonnier,
et je dois le libérer!

Je n'ai peur de rien.
Je suis aussi brave
qu'un fier chevalier.

Je voguerai toute la journée.

Je voguerai toute la nuit.

Je voguerai à tout jamais
au clair de lune.

Pour retrouver mon ballon,
je scruterai les vagues une à une.

Et quand je trouverai Piquant
le pirate, je hurlerai :
— Ce ballon est à moi,
pas à toi!

Alors, je voguerai
jusqu'à la maison

sous le clair de lune,
emportant mon ballon.

Mon ballon blanc!

Il était accroché
dans l'arbre d'à côté!

— Pardon, monsieur Piquant...

29

s'il vous plaît, voulez-vous
le décrocher?

LISTE DE MOTS

à	est	maison	qui
accroché	et	me	qu'un
alors	était	mer	retrouver
au	être	moi	rien
aussi	fier	mon	sans
ballon	flots	monsieur	scruterai
bandeau	hurlerai	n'ai	s'est
blanc	il	noir	sous
brave	j'ai	nuit	suis
caché	jamais	où	sur
ce	je	par	terre
cherché	journée	pardon	toi
chevalier	jusqu'à	partout	tout
clair	l'a	pas	toute
connaissance	la	perdu	trouverai
d'à côté	l'ai	peur	tu
dans	l'arbre	peut	un
de	l'œil	peut-être	une
décrocher	le	Piquant	vagues
dois	les	pirate	voguant
emparé	libérer	plaît	voguerai
emportant	lune	pour	voulez
emporté	ma	quand	vous